# Judy Moody

¡HURRA!

# y la Declaración
# de Independencia

# Judy Moody

¡HURRA!

## y la Declaración de Independencia

Megan McDonald

Ilustraciones de Peter H. Reynolds

ALFAGUARA

Título original: *Judy Moody Declares Independence*
Publicado primero por Walker Books Limited, Londres SE11 5HJ

© Del texto: 2005, Megan McDonald
© De las ilustraciones: 2005, Peter H. Reynolds
© De la tipografía de "Judy Moody": 2004, Peter H. Reynolds
© De la traducción: 2007, P. Rozarena
© De esta edición: 2008, Santillana USA Publishing Company, Inc.
2105 NW 86ᵗʰ Avenue
Miami, FL 33122, USA
www.santillanausa.com

Dirección técnica: Víctor Benayas
Maquetación: Silvana Izquierdo
Coordinación de diseño: Beatriz Rodríguez
Adaptación para América: Isabel Mendoza y Gisela Galicia

Aguilar, Altea, Taurus, Alfaguara, S.A. de Ediciones
Beazley, 3860. 1437 Buenos Aires. Argentina

Editorial Santillana, S.A. de C.V.
Avda. Universidad, 767. Col. Del Valle
México D.F., C.P. 03100. México

Distribuidora y Editora Aguilar, Altea, Taurus, Alfaguara, S.A.
Calle 80, nº. 10-23. Santafé de Bogotá. Colombia

*Judy Moody y la Declaración de Independencia*
ISBN–10: 1-59820-841-1
ISBN–13: 978-1-59820-841-2

Published in the United States of America
Printed in Colombia by D'vinni S.A.

A la memoria de Jon y Mary Louise McDonald

M. M.

Para Diana Gaikazova, que se declaró independiente
y está haciendo historia por su cuenta.

P. H. R.

# Índice

Judy Moodington

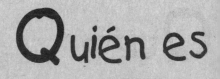

Quién es

Richard John-Hancock Moody

Kate Betsy-Ross Moody

Primer firmante de la Declaración
de Independencia

Toria, por Victoria; fabulosa
coleccionista de sobres de azúcar

# Quién

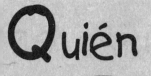

Sybil Ludington

La muchacha Paul Revere

Paul Revere

Campanero,
fabricante de dentaduras,
jinete de medianoche

Stink

Pregonero de la ciudad, aficionado
a los retretes musicales

Frank

ROCKY

Compañeros de crimen:
Los Amotinados
Bostonianos de la bañera

# Bean Town, Muu-sa-chu-setts

¡Atención, Atención!

¡Ella, Judy Moody, estaba en Boston! ¡En Bean Town! En Massachusetts. En la cuna de la Libertad, lugar de nacimiento del famoso Ben Franklin y de Paul Revere. Lugar de El Motín del Té de Boston[1] y de la Declaración de Independencia.

1. Conocido como el *Boston Tea Party*. El 16 de diciembre de 1773 los colonos tiraron miles de toneladas de té al mar como protesta por los impuestos que tenían que pagar a los ingleses por ciertos productos.

—¡Boston al poder! —dijo Judy.

Hasta el momento las tres mejores cosas de Boston eran:

1. *Libre de la escuela durante dos días (incluyendo un examen de ortografía, dos noches de tareas y una redacción de tres páginas).*

2. *Libre de estar sentada en el coche junto a Stink durante diez millones de horas.*

3. *Libre de peinarse a diario.*

Ella, Judy Moody, pasajera del Primer Tren Subterráneo de América, estaba, por fin, camino del verdadero y real Sendero de la Libertad. El lugar en el que nació su país. Donde comenzó todo.

¡La Guerra de Independencia! ¡La Declaración de Independencia! ¡La libertad!

¡FANTÁSTICO!

Judy y su familia subieron las escaleras del metro, salieron al exterior; y se dirigieron a la caseta de información de *Boston Common*[1], donde su papá compró una guía del Sendero de la Libertad[2].

—¿Sabías que antes había vacas aquí, en el parque? —preguntó Stink—. Lo dice en ese cartel.

—Bienvenidos a MUU-sa-chu-setts —anunció Judy. Y se dobló de risa. Si Rocky o Frank Pearl hubieran estado allí, se hubieran reído muchísimo también.

—Fíjate —le dijo Judy a Stink—. Ahora mismo, en este preciso instante,

1. Primer parque público de Estados Unidos.
2. *Freedom Trail*. Camino de ladrillos rojos que recorre dieciséis importantes lugares de la historia de Estados Unidos.

mientras estoy a punto de iniciar el recorrido por el Sendero de la Libertad, el señor Todd probablemente está haciéndole un examen de ortografía a la clase de Tercero en Virginia. Diecinueve lápices número dos, con goma de borrar, están siendo mordisqueados en este momento.

—Tienes suerte. Yo me perdí hoy el Día de la Camisa al Revés, que es muy divertido.

—El sendero empieza aquí mismo en el Boston Common —dijo papá.

—¿Podemos ir a ver los patos? —preguntó Stink—. ¿O las ranas? En el mapa se ve un estanque con ranas.

—Stink, vamos a recorrer el Sendero de la Libertad, no el Sendero de los Animales.

—¿Por dónde empezamos? —preguntó mamá.

—¡Por El Motín del Té! ¡Por el barco de El Motín del Té! —pidió Judy dando saltos.

—¿Hicimos este viaje tan largo para venir a tomar el té? —preguntó Stink.

—No es un té cualquiera —dijo mamá.

—Los primeros en llegar a esta tierra venían de Inglaterra —explicó papá— porque querían ser libres y no tener que hacer siempre lo que les ordenaba el rey.

—Oye, papá, ¿es ésta una LHA? ¿Una Larga Historia Aburrida? —quiso saber Stink.

—No, no es una LHA —afirmó Judy—. Es la historia de cómo nació nuestro país. No existiría Estados Unidos de América si no se hubiera producido aquel gran boicot contra el té. Los colonos decidieron que no iban a beber nunca más té de Inglaterra. Ni hablar.

—Y no sólo se trataba del té —dijo mamá—. Los británicos, a través de leyes como la Ley del Timbre y la Ley del Azúcar, los obligaban a pagar injustos impuestos, y encima no podían opinar en qué se debía gastar el dinero recaudado.

—No entiendo nada —dijo Stink.

—No queríamos que un viejo rey gruñón nos gobernara —dijo Judy.

—Los colonos querían ser libres e independientes —dijo mamá—. Separarse de Inglaterra. Ser libres para hacer sus propias leyes.

—Entonces Thomas Jefferson[1] escribió

1. Tercer presidente de Estados Unidos de América; principal autor de la Declaración de Independencia de Estados Unidos.

la Declaración de Independencia —añadió papá.

—Y muchas personas importantes la firmaron entusiasmadas —dijo Judy—, como John Hancock, que fue el primero en firmarla, ¿verdad, mamá?

—Sí —dijo mamá.

—Antes de que iniciemos el recorrido por el Sendero de la Libertad, vamos a ver el Árbol de la Libertad —propuso papá—. Junto a él se reunía mucha gente para pronunciar y escuchar discursos sobre la libertad.

—¿Como el pregonero? —preguntó Judy.

—Ajá —dijo papá—. Ya llegamos.

—¡Pues no veo ningún árbol! —protestó

Stink—. No hay más que un cartel viejo en una casa antigua.

—Los británicos lo cortaron —explicó papá—, pero eso no detuvo a los estadounidenses. Lo llamaron el Tronco de la Libertad y siguieron haciendo discursos junto a él.

—Tampoco veo ningún tronco.

—¡Bueno!, ya deja imaginar cosas, Stink —dijo Judy.

—Niños, pónganse juntos al lado del cartel, para que papá les tome una foto.

—Está bien, pero yo todavía no entiendo qué es eso tan importante de la Guerra de Independencia —murmuró Stink.

—Verás, Stink, muchos de nosotros, como ocurría durante la Guerra de

Independencia —dijo Judy—, ¡queremos ser libres! —sacudió la cabeza y el pelo le tapó la cara.

—Judy, creo que esta mañana te dije que usaras el cepillo.

—Lo utilicé para rascarme la espalda.

Mamá peinó con los dedos el pelo de Judy tratando de deshacer los nudos. Judy apretó los ojos fastidiada. Papá tomó una foto.

—¡Atención! ¡Atención! —anunció Judy—. ¡Yo, Judy Moody, me declaro liberada de peinarme!

—¡Pues yo me declaro liberado de cepillarme los dientes! —gritó Stink.

—¡Cochino! —le dijo Judy, arrugando la nariz.

Papá tomó otra foto.

Hasta el momento, las tres peores cosas de Boston habían sido:

1. *Stink.*

2. *Stink.*

3. *Stink.*

# El Sendero (sin Stink) de la Libertad

—¡Llegó el momento de recorrer el Sendero de la Libertad! —exclamó papá.

—Subamos por Park Street. Hay que seguir el camino de ladrillos rojos —dijo mamá señalando al suelo.

—¡Miren! —exclamó Judy mientras subía corriendo la colina—. ¡Miren esa cúpula dorada tan enorme!

—Ésa es la Casa de Gobierno —dijo mamá—, ahí trabaja el gobernador.

—¡Judy! —llamó papá—. ¡No corras! Espéranos.

—¡Uf! —se quejó Judy—. No es justo. Se supone que éste es el Sendero de la Libertad, ¿no?

—Quédate donde papá y yo podamos verte —advirtió mamá.

—¡Pues, ya qué! —protestó Judy.

❧   ❧   ❧

Después de pasar por la Casa de Gobierno, papá y mamá los llevaron a la iglesia de Park Street, donde se cantó por primera vez la canción "My Country 'Tis of Thee"[1].

1. Canción patriótica de Estados Unidos

Stink se detuvo a mirar las iniciales de personajes famosos grabadas en el tronco de un árbol que había fuera. ¡CHOF! Algo le cayó en la cabeza. ¡EHHH! ¡AAGGG!

—¡Popó de pájaro! —dijo Stink.

Judy se rió. Mamá lo limpió con un pañuelo de papel. Stink se puso a cantar:

*"Amo mucho a mi país,*
*aunque ahora huele mal*
*porque un pájaro animal*
*se hizo popó sobre mí..."*

—¡Mamá, papá! —gritó Judy, tapándose los oídos—. ¡Díganle que se calle!

Judy se adelantó corriendo.

—¡Bueno ya, aceleren el paso! ¡Junto a la iglesia hay un viejo cementerio!

Mamá se detuvo a leer la inscripción que había en el cancel de la entrada.

—"¡Ojalá los jóvenes de hoy... se sientan inspirados por el patriotismo de Paul Revere!"

—¡La tumba de Paul Revere está aquí! —gritó Judy—. ¡Y también la de John Hancock, el primero en firmar la Declaración!

Judy vio tumbas con ángeles alados, calaveras y huesos, y una gigantesca mano con un dedo que señalaba al cielo.

—Aquí está enterrado Samuel Adams, firmante de la Declaración de Independencia —leyó papá—. ¿Sabían que fue él quien dio la señal secreta en El Motín del Té?

—Aquí yace el cuerpo de Mary Goose —leyó Stink.

—Yo voy a calcar el nombre de Mary Goose —dijo Judy. Sacó papel y lápiz de su mochila, colocó el papel sobre el nombre y pasó la punta del lápiz sobre el papel, apretando bien para que saliera el nombre entero. Stink hizo lo mismo con una calavera y unos huesos y con una grieta en el suelo.

—¿Tenemos que seguir viendo cosas? —preguntó Stink cuando se detuvieron ante la estatua de Benjamín Franklin—. Hasta ahora sólo hemos visto a un montón de gente muerta y cosas antiguas que ni siquiera estaban ya allí.

—¿Y qué hay de El Motín del Té? —preguntó Judy.

—¡Auchi! —exclamó Stink—. ¡Tengo que hacer pipí!

—¡Stink, no lo tienes que gritar! ¡No hace falta que todo el mundo se entere! —le dijo Judy.

—Miren —dijo mamá a papá y a Judy—, ¿por qué no van ustedes dos a ver la casa de Paul Revere mientras yo acompaño a Stink al baño. Nos vemos aquí en un momento.

—¡Estupendo! —dijo papá.

☙ ☙ ☙

Judy y papá caminaron y caminaron, y, por fin, llegaron al número 19 de North Square.

—¿Sabías que Paul Revere hacía dentaduras postizas? —preguntó papá— ¿Y que fabricó las primeras campanas de Estados Unidos? ¡También dibujó caricaturas!

—¡Guau! ¡Y todo eso a la vez que montaba en su caballo raudo y veloz para avisar a todos que los británicos se acercaban!

—Así es —dijo papá—. Un amigo de Paul Revere salió por una ventana y se subió al tejado de La Vieja Iglesia del Norte para dar la señal con un farol: una vez si venían por tierra; dos veces si llegaban por mar...

—¡Me hubiera gustado estar allí...! —dijo Judy.

—Aquí cuentan que Paul cabalgó desde este lugar hasta Filadelfia para llevar las noticias del motín —dijo papá.

—¿El Motín del Té? ¿Alguien mencionó algo sobre tomar té... o algo parecido? —preguntó Judy.

—Bueno, ya, vamos a buscar a tu madre y a Stink.

❧   ❧   ❧

Judy salió corriendo hacia Stink.

—¡De lo que te perdiste, Stink!

Y le contó la historia del tipo que salió por una ventana para hacer la señal secreta.

—No me importa —dijo Stink—. ¡Yo vi algo mejor!

—¿Qué, un retrete de hace doscientos años?

—No, un retrete musical — explicó Stink— metes una moneda y...

—¿Pagaste por hacer pipí? ¡No lo puedo creer!

—Entras y estás en una habitación redonda, y todo es blanco y está limpísimo, muy... muy limpísimo, y ¡suena música!

—Creía que no iba a salir nunca— comentó mamá.

—¡Bueno ya, vamos al barco de El Motín del Té!

—¡Por fin! —exclamó Judy.

—¿Más cosas viejas? ¡No quiero! — protestó Stink.

—No son viejas, son antiguas, que es diferente —aclaró mamá

# Azúcar y espías

Judy Moody, la mismísima Judy Moody, se declaró independiente de Stink. Subió corriendo por la pasarela delante de todos. Y abordó el "Beaver", ¡el barco de El Motín del Té!

—¿Es un barco de verdad? —preguntó.

—¡Claro que es un barco de verdad! —le contestó un señor con peluca que iba vestido como Paul Revere—; pero no es tan antiguo como el verdadero "Beaver".

Se reconstruyó para que la gente pueda ver como era el de verdad.

—¡Por fin algo que no es viejo! —exclamó Stink.

Judy trepó por algunas cuerdas. Lo mismo hizo Stink. Luego se tumbó en una hamaca. Stink hizo lo mismo. Bajó por una escalera hasta la bodega. Stink la siguió.

—¡Stink! ¿Cómo voy a declararme independiente de ti, si todo el tiempo estás siguiéndome?

Judy subió a cubierta. El señor de la peluca explicaba algo sobre unos hombres que, disfrazados, se colaron en el barco y, en la oscuridad de la noche, tiraron por la borda un cargamento de té que valía un millón de dólares.

—¿Quién quiere tirar té en el puerto de Boston? —invitó el señor.

Judy corrió hacia él. Stink la siguió (por supuesto). Levantaron grandes fardos de té atados con cuerdas. Judy tiró el suyo por la borda.

—¡No beberé té! ¡Los impuestos son un abuso!

—¡Toma tu merecido, rey Jorge! —gritó Stink tirando su fardo al agua.

—¿Quién más quiere hacer lo mismo? —seguía invitando el señor de la peluca. Se dirigió a una niña que llevaba unas orejas de conejo y un bolso que tenía escrito "Bonjour Bunny".

—¿No quieres tirar tú también el té del viejo rey Jorge?

—No —dijo la niña—. Me gusta mucho el té.

Hablaba con un gracioso acento.

—¿Inglesa, eh? —comentó el hombre. La niña asintió.

—¡Qué emocionante, esta niña viene desde el otro lado del mar para ver nuestro barco! —la niña sonrió encantada.

—¡Es un placer tenerte a bordo, cariño! —el señor de la peluca le tendió su mano—. Lo de la Guerra fue hace mucho tiempo. Ahora podemos ser amigos.

¡La niña de las pecas y el acento gracioso era de Inglaterra! ¡Donde bebían té y tenían una reina! Judy no había estado nunca antes con una persona de otro país. ¡Qué emocionante!

—Voy a hablar con ella —le dijo a Stink.

—¡No puedes! ¡Es una Casaca Roja! ¡Es de los malos!

Judy miró a su alrededor, la niña del otro lado del mar había desaparecido. Justo en ese momento, mamá llamó a Judy y a Stink para ir a la tienda de regalos.

Judy recorrió las estanterías arriba y abajo. Cajas de té, bolsas de té, botes de té. Teteras y tacitas de té, cucharillas de té. Stink la seguía.

—¡Mira! ¡Un tricornio! —Judy se lo probó—. Stink, ¿me puedes prestar dinero? Quiero este sombrero.

—Es mi dinero —dijo Stink—. El que me dieron a mí. Gástate el tuyo.

—Es que ya me lo gasté en la tienda de La Vieja Iglesia del Norte. Me compré una Declaración de Independencia y un librito sobre Paul Revere. Además, a mí deberían haberme dado más dinero que a ti porque soy mayor que tú. Porfis, Stink. Tú siempre tienes dinero.

—No —se negó Stink.

—¡Eres un Casaca Roja! —dijo Judy.

—¡Y tú, una caprichosa!

—¡Y tú, un envidioso!

—¡Y tú, de lo peor!

—¡Y tú, un egoísta!

—¡Y tú, una engreída!

—¡Niños, ya basta! —dijo papá.

—Stink, deja de seguirme a todos lados y de molestarme. Acuérdate de que me declaré independiente de ti —dijo Judy, y empezó a caminar; pasó por los puestos de tambores y flautas y siguió andando.

¡Allí estaba! La niña bebedora de té, la que había venido de Inglaterra. ¡Y no estaba mirando el té! Miraba los globos de nieve. Los famosos globos de nieve de Boston. ¡A Judy también le gustaban!

—¿De verdad eres una Casac..., digo, de verdad eres de Inglaterra?

—Sí, claro —dijo la niña. Su voz tenía un acento suave, como si la mismísima reina le hubiera enseñado a hablar.

—¿Te enseñó a hablar la reina?

—¿QUÉ?

—Nada, no me hagas caso. ¿Cómo te llamas?

—Victoria, pero todos me llaman Toria.

Stink asomó la cabeza por detrás de un exhibidor de revistas.

—¿Tory? ¿Eres una Tory? Los Tories eran los ingleses malos que lucharon contra nosotros en la Guerra de Independencia.

—¡Stink, deja de meterte donde no te llaman! —dijo Judy, y luego se volteó hacia Toria.

—Hum... ¿Te gusta mucho Bonjour Bunny, ¿verdad?

—Me encanta. Soy una fan de ese conejo. Tengo este bolso, y una mochila, y un pijama, y un saco de dormir. ¡Hasta tengo un despertador de Bonjour Bunny!

Y me acaban de regalar un celular de Bonjour Bunny por mi cumpleaños y un juego de toallas para mi cuarto de baño.

—¿Tienes un cuarto de baño?

—Sí, tengo un cuarto de baño para mí y mamá tiene el suyo.

¡CELULAR, TOALLAS, CUARTO DE BAÑO! Los padres de Judy nunca la hubieran dejado tener celular, ni toallas propias, ¡ni cuarto de baño propio! En casa utilizaba cualquier toalla.

—A mí me gusta coleccionar cosas —dijo Judy—. Sobre todo cabezas de muñecas Barbie y mesitas de pizza. Lo último que empecé a coleccionar son chicles YM. Los pego en la lámpara de mi cuarto.

—¿Chicles YM?

—Sí, chicles Ya Masticados. Les pongo nombres, como una colección de piedras.

—¡Increíble! —se admiró Toria—. Nunca había oído hablar de algo así.

—También colecciono lápices y curitas.

—¡Genial! —dijo Toria.

—¿Tú coleccionas té? —quiso saber Judy.

—No, yo colecciono sobres de azúcar de los que tienen dibujos.

Toria abrió su bolso. ¡Estaba lleno de sobres de azúcar! A Judy Moody, la Gran Coleccionista del Mundo, jamás le había pasado por la cabeza coleccionar sobres de azúcar.

—Tengo presidentes de Estados Unidos y banderas del mundo —dijo Toria— y pintores famosos y nombres de hoteles... ¡aburridos! También mujeres famosas. Mira aquí tengo a Susan B. Anthony.

—¿Tienes a Amelia Bloomer[1]? Dicen que pronunció un discurso, medio desnuda, aquí en el Boston Common.

—¿Desnuda?

—Bueno, en ropa interior. Llevaba camisa, corsé y unos pantalones largos de tela blanca que se ponían las mujeres antiguas debajo de las faldas. Desde entonces, a esos pantalones blancos les llaman bloomers, por su apellido.

—¡No estaba desnuda! ¡Estaba muy vestida!

1. Susan B. Anthony y Amelia Bloomer fueron dos importantes feministas que lucharon por el derecho al voto de las mujeres.

—Pues sí.

Las dos se rieron.

—Mira —dijo Toria—, también tengo algunos sobres de azúcar con citas de Benjamín Franklin, ¡escucha!

Judy leyó: "No llores sobre la leche derramada". "Si tienes la cabeza de cera, no te pongas al sol". Las dos rieron nuevamente.

—¡Mi hermano pequeño se va a morir de envidia cuando los vea! —exclamó Judy—. Miró a su alrededor. No vio a Stink por ninguna parte.

—¿El niño bajito? ¿El que iba detrás de nosotras? —preguntó Toria.

—Sí, ése.

—No sé, no lo vi irse.

Judy no veía tampoco ni a papá ni a mamá.

—Creo que debo irme a buscar a mi familia. Habíamos quedado en encontrarnos en la cafetería para comer.

—Sí, yo también iré a buscar a mi madre —dijo Toria.

—Volveremos a vernos por ahí, ¿verdad?

—Claro, hasta luego. Oye, ¿como te llamas?

—Judy Moody.

—¡Qué bonito! —dijo Toria.

# Colgada de la lámpara

Judy encontró a papá, a mamá y a Stink en la tienda de recuerdos. Papá estaba comprando una caja con materiales para hacer un barco en una botella; el barco era el "Beaver". Mamá estaba comprando todo lo necesario para bordar un almohadón con la estatua de Paul Revere y La Vieja Iglesia del Norte al fondo. Stink estaba abrazado a un bote de té de la marca *Boston Harbour* y enarbolaba una banderita con una serpiente y una leyenda que decía: "NO ME PISES".

Judy pagó su tricornio (con el dinero de Stink) y luego entraron en la cafetería.

—Me debes cuatro dólares y noventa y siete centavos más los impuestos —dijo Stink.

—¡Mamá, papá! Stink se está volviendo completamente británico, ¡quiere cobrarme impuestos!

—Ya hablaremos de dinero más tarde —dijo papá—. Es hora de comer algo. Necesito un café.

—¿No se te antoja un té? —preguntó mamá con una sonrisa.

—¡No! Quiero ser leal a mi país —contestó papá siguiéndole seriamente la broma.

—¿Yo también puedo tomar un café? —preguntó Judy—. Yo también quiero ser leal a mi país.

—Ni lo sueñes —dijo papá.

—¿Puedo tomar té?

—¿Qué te parece un batido de chocolate? —sugirió papá.

—El motín del batido de chocolate bostoniano. ¡Vaya revolucionaria!

Judy pidió un plato de queso asado con papas fritas que se llamaba Ben Franklin. Cuando estaba dándole el tercer mordisco a su Ben Franklin, exclamó:

—Miren, ahí está Toria.

—Toria la tory —dijo Stink.

Toria y su madre venían hacia ellos. Mientras todos se saludaban, Toria le enseñó a Judy todas las cosas de Bonjour Bunny que llevaba en su bolso.

—¡Qué suerte tienes! —dijo Judy—. Yo necesito que me aumenten la mensualidad. Me es absolutamente necesario.

—Mi madre me da dos libras al mes —dijo Toria.

—A mí me dan más; cuatro dólares al mes —presumió Judy.

—No es más; una libra vale más que dos dólares; cambiamos libras por dólares en el banco y por eso lo sé. Nos dieron más del doble de dólares que las libras que traíamos.

—¡Caramba! ¡Realmente me pagan poco!

—Pues protesta.

—¡Ya lo hice y no sirvió de nada!

—Pues puedes hacer una revolución —aconsejó Toria—. Mientras tanto, vamos a recoger más sobres de azúcar de Benjamín Franklin.

Los mayores hablaban y Stink soplaba con el popote para hacer burbujas en su batido de chocolate. Judy y Toria se sentaron en una mesa vacía y extendieron todos sus sobres de azúcar.

*"Un centavo ahorrado es un centavo ganado."*

*"No llores sobre la leche derramada."*

*"Cuida de tus centavos y tus centavos cuidarán de tus dólares."*

*"El pescado y los huéspedes al tercer día apestan."*

—Bueno, ahora vamos a hacer nuestros propios dichos —propuso Judy—. Y se puso a escribir en el reverso de los sobres...

"Un centavo ahorrado es nada comparado con lo que tiene Stink."

"El pescado y los hermanos pequeños apestan al tercer día."

—¡Guau! ¡Son estupendos! —se entusiasmó Toria. Y ella también inventó un dicho:

"No llores sobre un batido de chocolate derramado."

Judy le enseñó a Toria un juego llamado Concentración con los sobres de azúcar. Toria le enseñó a Judy a construir castillos con sobres de azúcar. Cuando llegó la hora de marcharse, Judy no quería separarse de su nueva amiga.

—Papá, mamá, ¿puede Toria venir al hotel con nosotros?

—¿O puede Judy venir a bañarse con nosotras a nuestro hotel? —preguntó Toria a su madre.

—¿Puede Toria venir a Chinatown con nosotros esta noche?

—¿Puede Judy venir a dormir esta noche a nuestro hotel? Podemos dormir en el suelo como yo duermo en casa.

Mamá miró a papá y papá miró a mamá.

—Bueno, yo creo que no, Judy.

—¿Por qué, por qué, por qué...?

—Porque acaban de conocerse —explicó mamá.

—Claro, niñas —dijo la madre de Toria.

—¡Por fa mamá, por fa, por fa! —pidió Toria—. ¡Con Judy me divierto mucho!

—Judy y su familia tendrán sus planes —dijo la madre de Toria—. Y nosotras tenemos entradas para el teatro esta noche.

—Además, nosotros tenemos que salir muy temprano mañana, Judy. Volvemos a Virginia, a casa —explicó papá.

—¡Por fa, por favor, por favorcísimo! —suplicó Judy— ¡Es nuestra única oportunidad! ¡Tal vez no nos volvemos a ver nunca más! ¡Por favor! ¡Sería fantástico!

Mamá dijo que no con la cabeza.

—¿Ni siquiera como recuerdo de la Guerra de Independencia? ¡Yo soy estadounidense y ella es inglesa, y sería estupendo que pudiéramos ser amigas! ¡Cambiaríamos la historia!

—Cariño, ya te dijimos que no —señaló papá.

—Bueno —dijo la madre de Toria—, fue muy agradable conocerte, Judy, y conocer a tu familia, ¿verdad, Toria?

—¡Qué mala suerte! —dijo Toria—. Y le dio una patada a una piedra.

—No te cuelgues de la lámpara —dijo la madre de Toria.

—¿Ella se cuelga de las lámparas? —preguntó Stink.

—"Colgarse de la lámpara" quiere decir ponerse de mal humor —explicó la madre de Toria.

—¡Ah, ya! Mi hermana se cuelga de la lámpara todo el tiempo.

—Cuando volvamos a casa y Toria

llegue a Londres —dijo mamá—, podrán escribirse. Pueden ser amigas por carta.

—Eso sería estupendo —dijo la madre de Toria—. ¿Verdad, Toria? —Toria no contestó.

—Bueno —dijo su madre—, lo mejor es que nos vayamos ya.

—Toma, quédate con esto —le dijo Toria a Judy, y le ofreció sus orejas de Bonjour Bunny—. Para que te acuerdes de mí.

Judy le regaló a Toria un paquete de chicles.

—Para que empieces tu colección de YM.

Toria escribió su dirección en Londres. Judy le dio la suya en Virginia.

—Podremos intercambiar sobres de azúcar —propuso Toria—, serán dulces misivas.

—Serán pegajosas misivas —intervino Stink.

Judy Moody se colgó de la lámpara, pero no una lámpara cualquiera. Una lámpara realmente furiosa.

# Declaración de Independencia

Judy siguió colgada de la lámpara durante cuatrocientas cuarenta y cuatro millas. Se fue colgada de la lámpara durante todo el camino por Rhode Island, Connecticut, Nueva York y Pensilvania. (Durmió mientras atravesaban Maryland.) Incluso siguió colgada de la lámpara al atravesar la capital: Washington, D.C.

Estuvo colgada de la lámpara por siete horas y diecinueve minutos. Como gritando en silencio "Quiero que me den libertad".

—¡Mamá, Judy no quiere jugar conmigo a *Qué es lo que veo*!

Stink quería jugar a contar vacas. Stink quería jugar a los números de las matrículas. Stink quería jugar a palabras encadenadas.

—Judy, juega con tu hermano —dijo mamá.

—¡No me gustan los juegos de bebés! Prefiero que juguemos al juego del silencio. A ver quién está callado más tiempo.

—¡Es un juego tonto! —dijo Stink.

—¡Ya gané! —dijo Judy.

—¡Dejen de parecer tontos los dos! —dijo mamá.

—¡La culpa es de Judy! —se quejó Stink.

—Judy, ¿no estarás todavía enojada por lo de Toria, verdad? —preguntó mamá.

—¡Nunca me dejan hacer nada! —explotó Judy—. ¡Tendrían que haber oído todas las cosas que hace Toria en Inglaterra! Duerme en casa de sus amigas y sus amigas van a su casa. Tiene un celular. ¡Y un cuarto de baño para ella sola! ¡Y le dan dos libras al mes! Y ustedes creen que yo todavía soy un bebé o algo por el estilo.

—O algo por el estilo —dijo Stink.

—Judy, si quieres que te tratemos como si fueras una niña grande y si quieres que te aumentemos tu mensualidad, tendrás que demostrar que sabes comportarte responsablemente.

—Y nada de enojarte por todo —añadió papá.

—¡Nunca me han dejado dormir en casa de una amiga!

—Quizá, cuando volvamos te puedas ir una noche a casa de Jessica Finch —dijo mamá.

—¡Sí, cuando a las ranas les salga pelo!

Ella, Judy Moody, se iría a Inglaterra.

Masticó dos pedazos de YM, haciendo tanto ruido como una vaca rumiando. Hizo bombas. ¡Pop!, ¡pop!, ¡pop...!

—Todavía sigue colgada de la lámpara —anunció Stink—.

Durante el resto de viaje, Judy repasó de memoria el alfabeto para aplicar adjetivos a su hermano y los apuntó en su cuaderno: Antipático, Bobo, Cochino, Descarado, Entrometido, Fastidioso, Grosero, (se saltó la H porque no estaba segura de si odioso y horrible llevaban h), idiota, j... (tampoco se le ocurría nada con j; bueno, sí se le ocurría, pero era demasiado feo y no quiso escribirlo, así que dejó de hacer la lista).

Cuando llegaron a casa, Judy arrastró su equipaje escaleras arriba. "Zump, zump, zump..." Arrastró su mochila, su manta, su almohada y su calcetín. Y todo lo que había comprado en el viaje. Se encerró en su cuarto y se encaramó en su escondite secreto (la cama de arriba de la litera).

Ella, Judy Moody, tenía que ponerse a escribir inmediatamente un informe sobre un libro para reponer el tiempo de ausencia en la escuela por su viaje. Pero no lo hizo. En vez de eso, se declaró libre de hacer tareas.

Luego, Judy Moody tuvo una idea. Una idea liberadora. Una idea a lo John Hancock. Una idea de Declaración de Independencia.

No se detuvo para llamar a Rocky para contarle sobre El Motín del Té. Ni siquiera se detuvo para llamar a Frank para hablarle de tumbas de gente famosa y de retretes musicales.

Todo eso podía esperar hasta mañana.

Pero algunas cosas no podían esperar.

Judy contempló la copia de la Declaración de Independencia que se había traído de Boston. Estaba impresa en papel marrón envejecido y con los bordes quemados como si se hubiera vertido té hirviendo sobre ellos. Judy entrecerró los ojos para concentrarse en leer la enrevesada escritura antigua.

Cuando en el transcurso de los acontecimientos humanos... bla, bla, bla... mantenemos estas verdades... más bla, bla, bla... derechos iguales para todos... Vida, Libertad, Paz y Felicidad.

Ella, Judy Moody, aquel mismo día redactó su propia Declaración de Independencia con mención a sus derechos, su propio presupuesto y todo lo demás.

Utilizó el mantelito de papel que había guardado del Café de Milk Street. El revés era de color pardo porque se había manchado con el batido de chocolate. ¡Era perfecto! Por fin Judy Moody comprendió lo que Benjamín Franklin quiso decir con eso de "no llorar sobre la leche derramada".

La verdadera Declaración de Independencia se escribió con una pluma de ganso y tinta. Afortunadamente, ella, Judy Moody, tenía una verdadera pluma de ganso, casi igual que la auténtica, que había comprado en la tienda de recuerdos.

¡Atención, mundo! Judy mezcló un poco de agua con los polvos negros que venían con la pluma, mojó la pluma en la tinta y escribió su declaración. Firmó haciendo complicadas rúbricas bajo su nombre, igual que había hecho John Hancock, el primer firmante de la Declaración. Dibujó su firma bien grande para que papá pudiera leerla hasta sin gafas, como lo habían hecho aquellos hombres para el rey Jorge.

# Declaración
## de Independencia de Judy Moody
### (CON 7 DERECHOS INALIENABLES)

Yo, Judy Moody, me declaro:

- Libre de peinarme
- Libre de hermanos pequeños (como Stink)
- Libre de irme temprano a la cama
  (me acostaré más tarde que Stink)
- Libre de hacer tareas
- Libre para dormir en casa de amigas
- Libre para tener mi propio cuarto de baño
- Libre de cobrar mi mensualidad en dólares
  (quiero libras)

*Judy Moody*

Judy bajó corriendo las escaleras con el tricornio puesto y gritando como si fuera un verdadero pregonero antiguo.

—¡Atención, Atención!

Papá, mamá y Stink se reunieron en la sala.

—Les voy a leer, aquí y ahora, mi propia Declaración de Independencia de Judy Moody, hecha aquí y ahora, en este día, cuatro de Judy. Yo, aquí y ahora, expongo estos inalienables derechos y, por supuesto defiendo valores como Vida, Libertad y, desde luego, mi propio fondo monetario.

Judy carraspeó para aclararse la garganta:

—¿Ya dije aquí y ahora?

—Sólo cien veces —dijo Stink.

Judy leyó la lista en voz alta con el tono de un pregonero. Cuando terminó, se quitó el tricornio y dijo solemnemente:

—¡Libertad o muerte!

—Muy divertido —dijo papá.

—Muy lista —dijo mamá.

—Oye, eso de acostarte más tarde que yo, ni lo sueñes —dijo Stink.

—¿Están de acuerdo? —preguntó Judy a papá y mamá— ¿Tendré todas estas libertades? ¿Me van a aumentar mi mensualidad?

—No dijimos nada de eso —señaló papá.

—Lo pensaremos, cariño —dijo mamá.

—¿Pensarlo? —exclamó Judy—. Pensarlo era peor que quizá. Pensarlo sólo significaba una cosa: N-O, ¡NO!

Entonces papá empezó a hablar con

frases como las que había en los sobres de azúcar:

—La libertad no llega como si te tocara un premio, ¿sabes? —le dijo a Judy.

—Papá tiene razón —dijo mamá—. Si quieres más libertad, tendrás que ganártela, tendrás que demostrarnos que puedes ser más responsable.

Judy repasó su lista.

—¿Puedo, por lo menos tener el derecho número uno de mi lista? Si no tengo que peinarme todos los días, tendré más tiempo para ser responsable.

—¡Qué gran idea! —dijo papá.

¡Padres! Papá y mamá eran igual que el rey Jorge, haciendo Leyes Injustas todo el tiempo.

—Siempre me están diciendo que es bueno que piense por mí misma. Y que les hable con claridad y confianza —dijo Judy enseñando su Declaración de Independencia—. Bueno, ¡pues eso es justo lo que estoy haciendo! Pero no me siento ni una pizca más libre. ¡Es verdaderamente terrible!

—Escucha una cosa —mamá estaba mirando la lista—. Puedes tener tu propia toalla, en el cuarto de baño de todos.

Papá se rió, pero lo disimuló haciendo como que tosía.

—¡Toria tiene un celular y un cuarto de baño para ella sola! Y le dan su mensualidad en libras. Se puede comprar todas las cosas de Bonjour Bunny que quiere sin ni siquiera pedir permiso. Y bebe té y tiene un despertador. Y puede dormir en casa de sus amigas y sus amigas en su casa.

—No estamos hablando de Toria —dijo mamá—. Hablamos de ti.

—¡Es horrible, horrible, horrible!

Judy, la mismísima Judy Moody, no había conseguido ni una pizca más de libertad. Ni uno solo de los inalienables derechos de su lista. Todo lo que había conseguido era una simple toalla.

—¡Arggg...! —rugió Judy.

—Si tú no quieres la toalla, yo sí —dijo Stink.

# ¡Hurra!

Judy se fue a la cama siendo la misma, la mismísima, de siempre, pero a la mañana siguiente, se despertó decidida a que papá, mamá y el mundo entero descubrieran a una Judy Moody completamente nueva. Una Judy independiente y libre. Una Judy más responsable. Incluso en un día de escuela.

Empezó por levantarse, sin despertador, antes de que mamá viniera a despertarla.

Después, se cepilló los dientes sin protestar. Mamá había puesto una toalla azul, vieja, pero limpia y sólo para ella. Judy escribió "Bonjour Bunny", convirtiendo las B mayúsculas en orejas de conejo.

Luego, Judy hizo algo que no había hecho en los tres últimos días: se cepilló el pelo (y se puso la diadema de Bonjour Bunny que le había regalado Toria). Una persona responsable no anda por ahí con las greñas sueltas y nudos en el pelo.

Más tarde Judy hizo algo que no había hecho en tres semanas: hizo la cama. Una persona mayor e independiente, no deja su cama hecha un revoltijo de ropa y cosas.

   &#9758;  &#9758;  &#9758;

En el autobús de la escuela, Judy le contó a Rocky todo sobre el viaje: la niña que se llamaba Toria y coleccionaba sobres de azúcar; y de haber tirado té por la borda desde el barco de El Motín del Té. Estaba deseando contárselo todo a su maestro y a toda la clase.

 —¿Qué les vas contar de Boston a los de tu clase? —le preguntó Judy a Stink.

—Lo de los retretes musicales nada más.

En cuanto Judy llegó a su clase, le contó al señor Todd que había estado en Boston.

—Fuimos por el Sendero de la Libertad y NO era nada aburrido, y no me importó perderme el examen de ortografía porque allí aprendí un montón de cosas sobre Benjamín Franklin y Paul Revere y...

—¡Judy, respira! —dijo el señor Todd— Estamos encantados de que hayas vuelto.

Judy enseñó a toda la clase su librito sobre Paul Revere y explicó muchas cosas sobre el té y los impuestos.

—Pues mi madre bebe té y no es una traidora —dijo Rocky.

—Yo fui una vez a Boston a ver a mi abuelo —dijo Jessica Finch.

—Parece que tu viaje fue muy interesante, Judy —comentó el maestro—. Gracias por compartir con nosotros todo lo que viste y aprendiste. Tal vez lea tu libro en voz alta en nuestro círculo de lectura de hoy. Ahora vamos a corregir los ejercicios de matemáticas de ayer.

Judy multiplicó 28 x 6, 7, 8, 9 y 10, hasta que pensó que se le iban a salir los ojos. Por fin, el señor Todd anunció que era hora de leer.

—Para empezar, voy a leer un poema que Judy trajo de su viaje a Boston y que quiere compartir con nosotros. Se llama "La cabalgata de Paul Revere". Es un poema que cuenta una historia.

—Yo vi su casa y el papel de sus paredes y las dentaduras que hacía —dijo Judy.

—Éste era uno de mis poemas favoritos cuando yo era pequeño —continuó el maestro—. En la escuela nos hacían aprendérnoslo de memoria y recitarlo en voz alta. Es de un hombre que se llamaba Henry Longfellow. El poema habla de tres hombres y de su famosa cabalgata a medianoche durante la Guerra de Independencia de Estados Unidos. Uno de ellos era Paul Revere.

Judy levantó la mano.

—Y uno era doctor —les explicó a sus compañeros.

—¡Shhh...! —hizo Jessica Finch.

El maestro habló en voz muy baja, casi en un susurro, y la clase de Tercero se quedó súper silenciosa:

—Escuchen, niños, y les contaré la cabalgata nocturna de Paul Revere...

El poema narraba cómo Paul Revere cabalgó durante toda la noche recorriendo las granjas y los pueblos para avisar que los ingleses se acercaban.

Judy volvió a levantar la mano.

—¡Señor Todd, señor Todd! ¡Yo vi La Vieja Iglesia del Norte de la que colgaron los faroles! ¡La auténtica! Y, ¿sabe por qué dice "Una, si vienen por tierra; dos, si vienen por mar"? Porque Paul Revere dijo que encendieran un farol si los ingleses se acercaban por tierra y dos si lo hacían por la costa.

—¿Es verdad eso de que Paul cabalgó toda la noche y todas esas cosas? —preguntó Jessica Finch—. Yo no oí hablar de nada de eso cuando estuve en Boston.

—Es verdad —dijo el señor Todd—. Paul Revere alertó a dos personas importantes: Sam Adams y John Hancock, para que huyeran. Y antes de que pudiera avisar a nadie más, lo detuvieron los ingleses y le quitaron el caballo.

—¡Pero el doctor escapó y les avisó a todos los demás! —dijo Judy.

—Así fue —confirmó el señor Todd—. Y, ¿saben?, hubo también una jovencita que hizo una famosa cabalgata como la que hizo Paul Revere. Se llamaba Sybil Ludington.

¡Guau! ¡Una muchacha Paul Revere! Judy Moody casi no podía creer lo que sus orejas de conejo estaban oyendo.

—No la mencionan mucho en los libros de historia —comentó el maestro—, pero tenemos un libro en la biblioteca de la clase que habla de ella.

—¡Hurraa! —gritó Judy.

—¿Qué...? —se extrañó Frank.

—Es lo que un revolucionario grita cuando quiere decir ¡YUPI...! —le explicó Judy.

# Por el Sendero
# de la No Libertad

Judy Moody era la niña más suertuda de la clase de Tercero. El señor Todd le dejó llevarse a casa el libro de la muchacha Paul Revere. Judy se lo leyó a Rocky en el autobús. Se lo leyó a Mouse, la gata. Se lo leyó a Jaws, la Venus atrapamoscas.

Sybil Ludington vivía en Nueva York y su padre necesitaba que alguien cabalgara a través del oscuro y tenebroso bosque para avisarle a la gente que los ingleses estaban incendiando una ciudad cercana. Sybil era muy valiente y dijo a su padre que ella iría. Permaneció levantada hasta pasada la medianoche y se internó sola en la oscuridad. Sybil era una muchacha madura y responsable. Demostró que poseía toneladas de independencia.

Judy quería ser como Sybil Ludington. Responsable. Independiente.

Todo lo que tenía que hacer era demostrárselo a su padre y a su madre. Sólo existía un problema.

Judy Moodington no tenía caballo. Y, desde luego, ni en un millón de años la dejarían estar levantada hasta pasada la medianoche.

¡Caramba! Sólo tenía la posibilidad de ser responsable aquí, en su propia casa, en el número 117 de la calle Croaker. O sea, empezaba con un NOOO... bastante frustrante.

Fue de habitación en habitación por todo el segundo piso de la casa. Recogió cosas aquí, colocó cosas allá, guardó cosas en un armario. En el primer piso recogió un montón de pelos del gato, su pelota de baloncesto, un zapato de Stink y el ratón de trapo con el que jugaba la gata.

Ser responsable daba hambre.

Judy paró para comer un poco de mantequilla de cacahuate directamente del bote, con una cucharita (¡no con el dedo!). Y le dio de comer a la gata

91

(¡no mantequilla de cacahuate!) Y también vació el cubo de la basura (¡guácala!). Hizo parte de la tarea (¡sin una sola mancha de mantequilla de cacahuate!).

Papá y mamá estaban siempre con el rollo de que fuera amable con Stink, así que subió a su habitación para ser amable. Miró en su mesa. Miró debajo de su cama.

—¿Qué buscas? —preguntó Stink.

—Busco algo amable que decirte —dijo Judy—. Me gusta ese póster con hormigas que tienes en la pared.

—Me lo regalaste tú.

—¡Ah, bueno! Tu pelo se ve bien.

—¿Acaso me pusiste algo en el pelo? ¡Quítamelo! —dijo Stink sacudiendo la cabeza—. ¡Quítamelo!

—Stink, no tienes nada en el pelo. Ni siquiera una araña.

Stink se sacudió el pelo como un perro con pulgas.

—¡Ni siquiera! Tan sólo quería ser amable contigo.

Judy nunca había imaginado que la gente independiente tuviera que ser tan amable. Y tan limpia. Pero papá y mamá se iban a llevar una gran sorpresa cuando comprobaran la cantidad de cosas que era capaz de hacer por su cuenta. Sin que nadie tuviera que decirle nada. Ella, Judy Moody, podía ser Independiente, así con I mayúscula. Exactamente igual que Sybil Ludington. ¡Claro que sí! Pronto lo verían.

Judy dibujó y recortó la huella de sus pies en papel rojo.

—¡Snip, snip, snip!

Marcó un camino de huellas rojas por toda la casa. No unas huellas confusas y difíciles de seguir. Eran unas huellas claras e independientes, de persona responsable. Incluso marcó las paradas, igualito que en el Sendero de la Libertad.

Ahora ya sólo faltaba encontrar a papá, a mamá y a Stink.

     ⓔ     ⓔ     ⓔ

—El sendero empieza aquí —dijo Judy. Señaló una planta amarillenta y medio seca con una nota en la que puso: "El Viejo Árbol de la Libertad".

Empezaré dando un discurso al pie de El Viejo Árbol de la Libertad.

—¡Atención! ¡Atención! —exclamó Judy— ¡Denme libertad o denme más mensualidad! —Papá y mamá se rieron, Stink gruñó.

—¡Escuchen, gentes que buscan el Sendero de la Libertad, yo seré su guía! ¡Sigan las huellas hacia la Libertad!

Judy guió a su familia de habitación en habitación.

En el comedor había otro cartel que decía: "Judy Moody hizo la tarea aquí".

—Yo también hago aquí la tarea todos los días —dijo Stink. Judy le lanzó una mirada fulminante.

En el suelo de la cocina, Judy señaló un cartel en el que se podía leer: "Judy Moody dio de comer a la gata aquí".

—¿No es ésa una de tus obligaciones? —preguntó papá.

—Sí, pero nadie me lo tuvo que recordar —dijo Judy.

Judy señaló la mesa de la cocina. Un nuevo cartel decía: "Judy Moody comió mantequilla de cacahuate aquí".

—No le veo el mérito a eso —comentó Stink.

—La comí con una cucharita, no con los dedos, y no la comí en mi cuarto y no manché nada —dijo Judy.

Judy abrió la puertecita del desagüe de la lavadora. "Judy Moody limpió el filtro de la lavadora aquí." Luego abrió la puerta del cuarto de baño que hay junto a la cocina. "Judy enjuagó el lavabo aquí."

—¡Sí, sí, sí! —cantó Stink— Mi hermana estuvo aquí, ¡con cebolla y ají!

Stink no estaba cooperando nada en el Sendero de la Libertad.

—¡Cállate, Stink! Deja de decir tonterías —le dijo Judy.

—Éste es un país libre —contestó Stink.

Siguieron las huellas rojas hasta el piso de arriba y entraron en la habitación de Judy. Un cartel en el piso decía: "Judy Moody hizo su cama aquí". Sobre el escritorio se leía: "¡Privado! No mirar aquí".

—¿Qué son todos esos pegotes en la lámpara? —preguntó Stink.

—Próxima parada —dijo la guía—, el cuarto de Stink. Sobre la puerta había pegado un cartel: "Judy Moody fue amable con Stink aquí".

—¡No es verdad! —protestó Stink.

—Sí lo es —afirmó Judy.

—¡Ah, sí, seguro! ¡Me dijiste que tenía una araña en el pelo!

—¡Y, ahora, al cuarto de baño grande! —dijo Judy. "Judy Moody recogió las toallas sucias aquí."

—Así que ahora, ¿qué piensan? —preguntó Judy— ¿Soy o no soy una supermega responsable Sybil Ludington?

—Eres estupenda, cariño. Todo está muy bien —dijo papá—. Estás empezando a demostrarnos que puedes ser responsable y que sabes ser independiente.

—Me encanta no tener que estar diciéndote lo que tienes que hacer continuamente —dijo mamá.

—¿Así que podré tener más libertad ahora? Por ejemplo, ¿podré dejar de peinarme? ¿Y podré quedarme levantada más tiempo que Stink?

—¡Yo también quiero libertades! —pidió Stink—. ¡Batido de chocolate para desayunar!

—Estamos orgullosos de ti, Judy —dijo mamá—. Éstas son justamente las cosas que esperamos que hagas todos los días.

—Y ya recibes una mensualidad por hacerlas —dijo papá.

¡Caramba! Judy se colgó nuevamente de la lámpara. Una gran lámpara.

Al final, el Sendero de la Libertad no había resultado. Se había convertido en un Sendero de la NO Libertad.

Ella, Judy Moody, había recogido toallas sucias, había enjuagado un lavabo y comido mantequilla de cacahuate, no con los dedos, ¡para nada!

—¡Ha sido exactamente como la vieja injusticia de siempre! ¡La vieja injusticia se repite! —lloró.

# El Motín del Té en la bañera

Al día siguiente, cuando Judy llegó de la escuela, había un paquete misterioso esperándola.

—Tiene estampillas de la reina —anunció Stink.

—¡Es de Toria! —Judy rompió el sobre—. ¡Son sobres de azúcar para mi colección!

Había sobres con barcos de vela y castillos, caballeros y reinas. Y con cosas de

Londres, como el Big Ben y un Guardia Real y una estatua de Peter Pan.

—¡Guau! —exclamó Judy—. Hay uno en francés. "Je vois le chat." Stink, ¿sabes qué quiere decir?

Stink miró el sobrecillo con los ojos entrecerrados.

—¡Claro! "Tienes el cerebro achicharrado". —dijo con propiedad.

—¡No sabes! ¡Dámelo! —Judy lo leyó pronunciándolo en francés y lo tradujo— Dice: "Veo al gato".

—Estás inventando.

—¡No, así dice de verdad!

—¿Y por qué tiene Toria sobres de azúcar en francés, si ella es Casaca Roja!

—Habrá estado en Francia o se lo habrá traído algún amigo de su madre.

—¡Qué niña tan rara! —dijo Stink.

Judy leyó la postal que venía dentro del sobre grande.

Hola, Judy:

Espero que te gusten los sobrecitos de azúcar para tu colección. ¡Te llegan directamente desde Inglaterra!

¡No bebas demasiado té!

¡Adiós!

Yo misma, Toria

(tu nueva amiga de Inglaterra)

Judy Moody

EE.UU.

—¡Hay también un montón de sobres de té! *Real English Tea*, como los del Motín del Té de Boston —dijo Judy—. Toria está mal de la cabeza si piensa que me van a dejar tomarme todo este té.

—Sólo los traidores toman té de Inglaterra —le recordó Stink.

—Entonces yo seré una traidora —dijo mamá—. Me encantará probar un poco de té inglés —eligió un sobrecito azul y se lo llevó a la cocina.

Judy Moody se quedó pensando un momento y, de repente, se le ocurrió una idea estupenda. Era tan estupenda que era difícil entender cómo no se le había ocurrido antes.

Como papá y mamá no le querían dar más libertad, iba a organizar un motín. ¡Brillante!

☙   ☙   ☙

Al día siguiente, en la escuela, Judy pasó unas notas a Rocky y a Frank.

REUNIÓN ESPECIAL
DEL CLUB DEL TÉ
Sábado a las 12 en mi casa
Preséntate o serás penalizado.

El sábado, Rocky y Frank llamaron a la puerta a las doce y dos minutos. Judy y Stink corrieron a abrirles. Stink habló primero.

—Ésta no es una reunión para beber ni comer nada —advirtió—. Judy les mintió.

—No importa —dijo Frank.

—No pienso beber un té antiguo con un montón de muñecas —aseguró Rocky.

—No es un té de ese tipo —dijo Judy llevándolos hacia el cuarto de baño—. Bueno, vengan, va a ser divertido. ¡Invita Benjamín Franklin!

—Veo sobres de té —dijo Frank—, y una tetera.

—¿Qué es todo esto? —preguntó Rocky.

—¡Miren! ¡La tetera parlanchina! —dijo Stink—. Es de cuando Judy era pequeña —explicó, y apretó un botón.

—Soy una tetera entera —cantó la tetera—. Soy blanca por dentro y r...ja por f...ra

—¿Dice que ruge por fiera? —preguntó Frank muerto de risa.

—No, dice que es roja por fuera —explicó Stink—, pero se le están acabando las pilas y...

—¡Dejen de hablar de la tetera! —dijo Judy—. Esto es como El Motín del Té. ¡Es una protesta! Aquí y ahora. ¡En la bañera!

—¿Qué es una protesta? —quiso saber Frank.

—Pues que hay que gritar contra todo lo que no es justo.

—Pues yo protesto contra este motín —dijo Rocky.

—Tienes que tirar té en la bañera —dijo Stink.

—Éste es el Motín del Té *de la bañera* —dijo Judy.

—El señor de la peluca explicó que los amotinados se habían disfrazado y se habían pintado la cara para que no los reconocieran —dijo Stink.

—¡Qué divertido! —exclamó Frank.

Stink trajo de su cuarto un montón de gorros rarísimos.

—¡El tricornio es mío! —gritó Rocky.

—Y tengo pinturas para la cara —dijo Judy.

Frank se pintó en la mejilla una Campana de la Libertad.

—¿Sabías que tocaron la Campana de la Libertad cuando se leyó por primera vez la Declaración de Independencia? —preguntó Judy a Frank.

Stink se pegó un bigote. Rocky se puso una barba. Y Frank se pintó una cicatriz como la de Frankenstein.

Judy llenó la bañera de agua caliente.

—Bueno ahora todos piensen en cosas que no son justas. ¿Preparados? Cuando yo cuente tres, tiren el té a la bañera. ¡Uno, dos.... ESPEREN!

—¿Qué pasa? —preguntó Frank.

—Tiene que estar oscuro. El Motín del Té de verdad fue de noche.

Apagó la luz y sólo quedó la lucecita de emergencia.

—Imaginemos que esa lucecita es la luna —dijo Rocky—. ¡Es medianoche!

—¡TRES! —gritó Frank y le quitó la tapa al bote y echó el té en la bañera. Rocky y Judy abrieron más cajas de té y rompieron los sobres.

—¡Esperen, déjenme a mí! —exigió Stink—. ¡Me están empujando!

—Stink, tú vigila. Prende y apaga la luz si oyes que papá se acerca. Un vez, si viene por la escalera; dos veces si se acerca por el pasillo.

Stink se paró junto a la puerta.

—Se les olvidó que hay que gritar y dar golpes y armar escándalo y todo eso de protestar contra la injusticia —dijo Stink.

Todos empezaron a gritar consignas y a tirar más sobres de té en la bañera.

—¡No más tareas en casa! —gritó Rocky.

—¡Más mensualidad! —gritó Judy.

—¡Más batido de chocolate! —gritó Stink.

—¡No recoger los juguetes! ¡No sacar la basura! —gritó Frank.

Stink se quitó los zapatos y los calcetines y se zambulló en la bañera. Empezó a imitar a una tetera. Con un brazo hizo el asa y con el otro la salida de la tetera y empezó a cantar.

*Soy una pequeña tetera*
*blanca por dentro, roja por fuera...*
*Cuando hiervo fuerte, fuerte,*
*grito: ¡Chocolate o muerte!*

Y comenzó a escupir agua por la boca.

—¡Me escupiste! —se quejó Rocky.

—¡Nos estás empapando a todos! —gritó Frank.

A Judy le pareció oír pasos por la escalera.

—¡Llegan los ingleses! ¡Llegan los ingleses! —avisó.

Una voz, una voz profunda, una voz *de papá* dijo:

—¿Eh, qué está pasando aquí...?

—¡Abandonen el barco, abandonen el barco! —clamó Judy.

—¿Qué estás haciendo? —preguntó papá, abriendo la puerta del cuarto de baño—. Se oye como si hubiera un elefante... —encendió la luz.

El agua chorreaba por las paredes como una cascada. El suelo estaba plagado de charcos marrones. Stink goteaba chof, chof, chof, como un trapo para limpiar.

La bañera parecía un mar sucio de té en el que flotaban decenas de sobres que se balanceaban sobre diminutas olas. El asqueroso Motín del Té.

—¡Judy! —gritó papá—. ¡Stink!

Stink señaló a Judy

—Fue idea de ella.

—Estábamos haciendo un Motín del Té como el de Boston —explicó Judy.

—Judy —dijo papá—, hace unos días presumías de lo limpio que habías dejado este baño.

—Papá, pero ¡esto era una protesta! Para pedir más libertades.

—Un desastre de este calibre desde luego no te va a ayudar a conseguir un aumento de mensualidad... ni un cuarto de baño para ti sola.

—Bueno, tú imagina que esto es el puerto de Boston. Nosotros sólo queríamos hacer historia viva. Como si fuera una tarea de la escuela.

—Lo siento. Este puerto queda clausurado. Rocky, Frank, es hora de que se vayan a su casa. Judy, no quiero que invites a nadie durante una semana. Y ponte a limpiar toda esta porquería antes de que tu madre regrese. Tú también, Stink.

—¡Pero yo ni siquiera pedía más independencia, sólo quería más batido de chocolate! —protestó Stink.

—Los patriotas limpiaron el puerto después de haber tirado el té —dijo papá.

¡Sin amigos durante una semana! Eso fue exactamente lo que los ingleses hicieron con los americanos, una de aquellas Leyes Injustas que se llamaron Manifiestos In-to-le-ra-bles. ¡Papá estaba cerrando el cuarto de baño igual que los Malos

Británicos cerraron el puerto de Boston después del Motín del Té!

Judy estuvo a punto de protestar con todas sus fuerzas, de patalear, de tirar cosas, de declarar la guerra...

Pero no hizo nada de eso. Como había pasado con todas las Leyes Injustas, éstas tampoco detendrían a los patriotas. La

Ley de Limpiar el Cuarto de Baño y la de No Amigos en Una Semana, no iban a detenerla. Eran sólo pequeños obstáculos en la Marcha de Judy Moody Hacia la Libertad.

Ella, Judy Moody, no iba a ceder ante una Ley Injusta. Recordaba la frase de un sobrecito de azúcar: "Si no lo consigues a la primera, inténtalo de nuevo".

# Sybil, la valiente

El lunes por la mañana, Judy se levantó calladita. Se movió sin hacer ruido. Y se declaró ante sí misma liberada de cepillarse los dientes y de ducharse. No quería ensuciar el cuarto de baño. NUNCA MÁS.

Hoy era el día en que tenía que entregar su trabajo sobre el viaje a Boston. El trabajo no iba a ponerla de mal humor. Aunque hubiera esperado hasta el último minuto para hacerlo, Judy, acababa de decidir que aquél iba a ser el mejor trabajo de su vida. Como hubiera hecho cualquier persona responsable.

Se puso el disfraz de peregrina del *Mayflower*[1] que la abuela Lou le había hecho para el último carnaval. El disfraz tenía un delantal y le daba a Judy el aspecto de una muchacha de los tiempos de la Guerra de Independencia. Se hizo en el pelo trece rizos, uno por cada una de las trece antiguas colonias.

—¿De qué vas vestida? —preguntó Stink mientras desayunaban—. ¿De Heidi?

—De nada que te importe —dijo Judy.

1. Nombre del barco que transportó a los llamados Peregrinos desde Inglaterra hasta la costa de lo que ahora es Estados Unidos en 1620.

—¿De enfermera?

—¡NO! —dijo Judy.

—¡Ah, ya sé! Eres Priscila No se qué. Una muchacha de las que iban con los peregrinos.

—¡No!, soy una Revolucionaria. La muchacha Paul Revere. Es para mi trabajo escolar de hoy.

—¡Ah! Entonces eres Sybil la del caballo.

Desde luego, era difícil declararse independiente del mal humor cuando Stink estaba cerca.

—Adiós, mamá. Adiós, papá —se despidió mientras caminaba hacia la puerta.

—¡Oye, espérame! —gritó Stink.

—¡Lo siento! ¡Voy a montar en mi bici rápida como un rayo hasta la parada del autobús! —le gritó Judy por encima del hombro. Y desapareció.

❧ ❧ ❧

Judy tenía que presentar su trabajo antes de que terminaran las clases. Le pidió a Frank Pearl que la ayudara. Los dos se pusieron de pie en medio de la clase.

—Señor Todd, no voy a presentar mi trabajo como lo hacemos siempre, voy a representarlo. Como si estuviéramos en el teatro.

—¡Bien! —dijo Rocky.

—El libro que leí se llama *Sybil, la versión femenina de Paul Revere* —explicó Judy a la clase—. Habla de la Muchacha Paul Revere. Y éste —señaló a Frank—, es el Muchacho Paul Revere. Frank, digo Paul, me está ayudando a mí, que soy Sybil Ludington.

Judy empezó con un poema.

—¡Escuchen, niños, y les contaré que hubo una muchacha que cabalgó más que Paul Revere.

SYBIL: Oye, Paul Revere, ¿por qué eres tan famoso?

PAUL: Pues, Sybil Ludington, porque cabalgué en mi caballo durante toda la noche para alertar a todos de que los británicos se estaban acercando.

SYBIL: Yo también lo hice. Mi caballo se llamaba Estrella. Estaba oscuro. Yo estaba asustada. Llovió toda la noche. Yo era valiente. Había mucho barro.

PAUL: No había barro cuando yo cabalgué.

SYBIL: Bueno, pues tuviste suerte.

—¡No, eso no! Aquí no dice eso —protestó Frank.

—Es que lo añadí después —dijo Judy— ¡Sigue leyendo!

PAUL: Tengo cuarenta años y cabalgué dieciséis millas.

SYBIL: Yo sólo tengo dieciséis años y cabalgué al menos cuarenta millas.

PAUL: Fui hasta Lexington para darles la noticia a Sam Adams y a John Hancock.

SYBIL: Oye, Paul, ¿te atraparon los ingleses?

PAUL: No, al principio, no; pero al final sí me atraparon.

SYBIL: ¿No dijo el señor Todd que te quitaron el caballo?

PAUL: Sí.

SYBIL: ¡Ajá! Así que te atraparon y no terminaste de avisar a todo el mundo. A mí, Sybil Ludington, no me atraparon y avisé a todo el mundo. Grité: "¡Detengan a los británicos! ¡Defiendan sus hogares!". Los ingleses tuvieron que regresar a sus barcos. Luego, todo el mundo se reunió en mi casa y repartimos perritos calientes con mostaza. Estaba allí el mismísimo señor don George Washington.

FIN.

—¿Es verdad que esa Sybil como se llame, comió perritos calientes?— preguntó Jessica Finch.

—Sí, con mostaza —afirmó Judy— el Ketchup no se había inventado todavía.

El señor Todd se reía.

—Sí, seguramente Sybil comió salchichas con pan y con mostaza. Lo que no sabemos es si se reunió mucha gente en casa de Sybil ni tampoco si hubo perritos calientes para todos.

—Todo lo demás es verdad —dijo Judy—. Yo creo que lo que dice este libro es verdad, verdad de la buena. Es un libro estupendo. Es tan estupendo que estuve mucho rato leyéndolo por la noche, y se lo leí a mi gata, Mouse, y a mi atrapamoscas.

—Muchas gracias, Judy —dijo el maestro—. Parece que la aventura de Sybil Ludington en realidad te inspiró mucho.

—Todo el mundo debería estar enterado de lo que hizo la muchacha Paul Revere. Mucha gente no ha oído siquiera hablar de ella porque, no sé por qué horrible razón, se olvidan siempre de poner mujeres en los libros de historia. Yo ni siquiera hubiera llegado a conocerla si usted no me hubiera hablado de ella.

—Quizá algún otro estudiante quiera ahora leer ese libro también.

—Sybil Ludington debería estar en nuestros libros de estudios sociales para que todos pudieran conocerla. Las mujeres deberían estar también en los libros de historia. Especialmente las que hicieron algo para conseguir independencia y libertad, ¿no le parece?

—Sí, sí, estoy de acuerdo —dijo el señor Todd.

—¡Las mujeres al poder! —gritaron las niñas de la clase.

—¡Hurra! —gritó Judy.

# La Declaración de No Independecia

En el camino de vuelta a casa, Rocky le dijo a Judy cuánto le había gustado su representación sobre el viaje a Boston.

—En cuanto te vi vestida de señora antigua supe que no me iba a aburrir.

—Gracias —contestó Judy—. Espero que me den una buena nota para que mis padres vean lo responsable que soy.

—Me imagino lo superespeluznante que debió de ser la cabalgata de Sybil a través del bosque... todo tan oscuro y con bandidos por todas partes.

—Sí, pero ella quería detener a los ingleses para que no pudieran incendiar la ciudad de Danbury.

—Claro, pero si la hubieran atrapado, los enemigos habrían pensado que era una espía —dijo Rocky.

Rocky y Judy siguieron hablando de Sybil todo el camino hasta llegar a la casa.

Cuando se bajaron del autobús, Judy empezó a caminar y de repente recordó algo...

—¡Huy, casi me olvido! Esta mañana vine a la parada del autobús en mi bici.

—¡Ah, bueno! Adiós —se despidió Rocky, y se fue hacia su casa. Judy le quitó la cadena y el candado a su bici. Detrás de ella, las puertas del autobús se cerraron, y éste arrancó alejándose de la acera.

Espera... algo extraño pasa.

¡Claro! ¿Stink?

¡STINK!

¡Stink no se había bajado del autobús! ¡Stink NUNCA antes se había quedado en el autobús!

Judy no sabía qué hacer. Estaba segura de que lo había visto SUBIR al autobús. ¿Debería gritar pidiendo socorro? ¿Sería mejor ir corriendo a casa y decírselo a mamá?

—¡Eh, señor conductor, eh! —gritó—. Pero el autobús estaba ya casi al final de la calle.

¿QHHBF? O sea, ¿Qué Hubiera Hecho Benjamín Franklin? ¿No llorar por lo que había ocurrido? Judy pensó que ninguna de las frases de los sobres de azúcar le servía en este momento.

Pensó. No había nada más que una cosa que hacer.

Alcanzar el autobús.

Mamá se preocuparía si llegaban tarde a casa, pero no tenía tiempo para ir a contarle lo que había pasado. No, cuando su hermano estaba siendo secuestrado por un conductor de autobús.

Judy tenía que rescatar a su hermano. Por muy insoportable que fuera, al fin y al cabo, era su hermano.

Judy se remangó su larga falda de peregrina y saltó sobre su bici. Pedaleó con todas sus fuerzas. Voló como el viento. Voló como Sybil sobre su caballo Estrella. Persiguió al autobús a lo largo de la calle, dobló la esquina y subió y bajó las cuestas. Los autos pasaban a su lado. ¡Fiuuuu...! Tuvo que dar un giro brusco para esquivar un gran hoyo en el asfalto.

¿Qué pasaría si se cayera y se rompiera la cabeza?

Judy siguió pedaleando. Tocó el timbre. Gritó.

—¡Eh, señor conductor, mi hermano está ahí dentro! ¡Devuélvamelo! ¡EH, MI HERMANO!

El autobús no se detenía.

Un perro le ladró. ¿Qué pasaría si un enorme perro feroz se soltara y la persiguiera? ¿Y si un perro salvaje la mordiera? ¿Un perro salvaje y rabioso?

Pedaleó todavía más deprisa. Su falda volaba al viento y sus trece rizos iban cada uno por su lado. Un enorme camión de basura pasó muy cerca levantando un remolino de viento. Las ruedas de la bici temblaron. El manubrio dio una sacudida. El camionero hizo sonar la bocina ¡pooo, puuu...!, como el rugido de una fiera. A Judy se le salía el corazón.

¿Que pasaría si un camión de basura le pasara por encima?

Persiguió al autobús de la escuela a lo largo de la avenida Bacon.

¡Tráfico! ¡Autos! ¡Camiones! ¡Un semáforo en rojo!

Y, entonces, lo vio. ¡El autobús de la escuela! ¡Amarillo como un pedazo de queso en mitad de la calle! Había atravesado el cruce y estaba subiendo la cuesta hacia el otro lado de la calle Tres.

Mamá y papá se morirían del susto si la vieran cruzar por en medio de todo

aquel tráfico a ella sola en su bici; pero aún se morirían más si la vieran volver a casa... ¡tarde y sin su hermano!

¿QHHSL? ¿Qué Hubiera Hecho Sybil Ludington? Seguro que se le hubiera ocurrido algo. Hubiera sido independiente y valiente.

Judy se bajó de la bici y se acercó al paso de peatones. Esperó a que el rojo pasara a amarillo y luego a verde.

—¡Vamos, ya! —le gritó al semáforo— ¡Se me escapa el autobús!

Por fin, las luces cambiaron. Miró hacia los dos lados, respiró hondo y cruzó sana y salva. Volvió a montarse en la bici y pedaleó cuesta arriba. ¡Huf, huf, huf...!

Jadeó y jadeo, huf, huf, huf, hasta que alcanzó al autobús.

—¡Stink! —gritó, pedaleando por la acera cerca del autobús.

El conductor la miró. Judy señaló la parte trasera del autobús:

—¡Mi hermano!

¡Por fin! El autobús se detuvo para que bajaran algunos niños. Se abrió la puerta. —¡Mi hermano pequeño... huf, huf, buf... está... huf, buf... en el autobús —jadeó Judy medio ahogada.

Stink llegó corriendo hasta la salida.

—¡Me quedé dormido! —le explicó a Judy— Y cuando me desperté, tú ya te habías bajado y yo no sabía donde estaba ni qué hacer. ¡Qué susto!

—Bueno, ya pasó —lo tranquilizó Judy—. ¡Te perseguí y te encontré! Y estás bien —Stink se agarró a la manga de su camisa y no quería soltarla.

—¡Gracias! —le dijo Judy al conductor—. Gracias por parar. Ven, Stink, vámonos a casa.

Cuando Judy y Stink llegaron a casa, con casi una hora de retraso, mamá estaba Loca, con L mayúscula, de preocupación.

—¡Les he dicho mil veces que vengan directamente a casa desde la parada del autobús! ¡Me dieron un gran susto! —dijo mamá.

Les contó que estaba asustadísima y enferma de preocupación. Y también FU-RIOSA.

A Judy no le dio tiempo ni de dar una explicación.

—¡Debería darte vergüenza hacer una cosa así! ¡Vete ahora mismo a tu habitación!

—¡Stink debería irse a su habitación también! ¡Él fue el que se quedó dormido y entonces...!

Mamá apretó los labios hasta que se convirtieron en una sola línea.

—¡No quiero oír ni una palabra más! —su mano señaló las escaleras.

Judy subió pateando los escalones, se tiró sobre su cama y se tapó con la colcha.

Ella, Judy Moody, amiga de Sybil en la Historia, estaba otra vez en problemas. Problemas con P mayúscula. Peor que el día del Motín del Té en la bañera.

¡Qué lío con los adultos! Parecen querer que seas independiente, y en cuanto te portas como tal, cambian de opinión y ¡te lo tienes que aguantar!

¡Independencia! ¡Ja! ¡Todo lo que se conseguía con ella eran problemas!

Quizá si Judy se declarara No-Independiente, las cosas volverían a ser como antes. Por lo menos no tendría que arreglar tantos desastres, ni arriesgarse a que la atropellara un camión de la basura mientras perseguía a un autobús de la escuela.

Judy intentó ponerse a hacer la tarea, pero el trabajo de ortografía le parecía muy confuso. Quiso masticar chicle de su colección YM, pero se le pegaba a los dientes. Empezó a pegar recuerdos del viaje a Boston en su cuaderno, pero hasta la Declaración de Independencia le pareció triste.

Para alegrarse un poco, le escribió una postal a Toria:

Querida Toria:

Gracias por el té y los sobrecitos de azúcar). Son fabulosos. Hice un botín del Té y fue todo un fracaso.

Perseguí al autobús de la escuela para rescatar a mi hermano y fue aún más desastroso.

Pregunta:

Date prisa, contéstame pronto. Me estoy chiflando. ¡Adiós!

Victoria MulQueeny
4 Brampton Grove
Harrow, Middlesex
ENGLAND

¿Qué haces para...
1) no tener problemas?
2) hacer todo lo que quieren los mayores?

Tu nueva amiga de EE.UU.

Judy Moody

Judy fue de puntitas hasta el comienzo de la escalera para ver si podía oír algo. Mamá estaba hablando con Stink. ¡Traidor! Lo más seguro era que le estuviera echando toda la culpa a ella. ¡Casaca Roja!

Judy se encaramó en su litera de arriba.

—¡Ven aquí, Mouse! —llamó a la gata.

Al menos su gata no estaba furiosa con ella. Por lo menos, Mouse no era una traidora.

Mouse estaba escondida debajo de la litera de abajo.

—¡Mousita, aquí, Mousita!

Ni caso. Hasta su gata se había declarado independiente. Toda la habitación de Judy estaba enojada. Completamente cierto con toda certeza.

Después de cien años, Stink forcejeó con el picaporte.

—¡Abre!

—¡Lárgate, Stink! —le gritó Judy.

—¡Ábreme, cariño! —esto no sonaba a Stink. Sonaba como a mamá. A mamá cariñosa. No a mamá del tipo "¿es-que-nunca-vas-a-aprender?".

—Queremos hablar contigo, Judy —sonaba a papá. A papá simpático, no a papá del tipo "¡te-metiste-en-un-buen-problema!"

—¿Estoy metida en un buen problema? —preguntó Judy sin abrir la puerta—. Porque si estoy metida en un buen problema, entonces me declaro NO-Independiente. Prometo que NO haré la cama, que NO haré las tareas, ni seré amable con Stink. Y que jamás volveré a rescatarlo. JAMÁS.

—Judy, abre la puerta para que podamos hablar de todo eso —dijo papá.

Judy abrió la puerta. Mamá se apresuró a darle un abrazo. Papá le revolvió el pelo y la besó en la coronilla.

—Stink nos contó lo que pasó —dijo papá—. Lo que hiciste fue algo muy valiente.

—¿Sí?

—Y yo lo siento, cariño —dijo mamá— me asusté mucho cuando vi que no llegaban, así que ni te escuché. Tuviste que tomar una decisión muy difícil y realmente utilizaste el buen sentido, como una persona independiente.

—¿Sí?

—Claro que sí —dijo papá.

—Yo también estaba asustada —dijo Judy—. Pensé que algún enorme perro podría morderme o que un camión de basura podría atropellarme o que podría caerme y romperme la cabeza o algo así.

Y también pensé en Sybil Ludington y en que ella también tuvo miedo.

—Estamos muy orgullosos de ti, Sybil —dijo papá—, quiero decir, Judy —se corrigió.

—¿Tan orgullosos como para subirme la mensualidad y todo lo demás?

—Papá y yo hablaremos de todo eso —dijo mamá—. Es posible que estés ya preparada para un poco más de independencia.

Ella, Judy Moody, no estaba ni en pequeños con p minúscula ni en grandes con P mayúscula problemas. Había demostrado tener el buen sentido de una persona independiente. Igualito que Sybil Ludington.

¡Patriotas con chispitas de chocolate!

# Judy Sybil-Ludington Moody

Con todas aquellas emociones, Judy se sintió demasiado independiente como para ponerse a hacer tareas. Entonces, sacó su Declaración de Independencia de Judy Moody. La pegaría directamente en su cuaderno de recuerdos del viaje.

Se encaramó en la cama de arriba. Extendió todas las cosas que trajo de Boston y fue pegando en el cuaderno sus recuerdos con pegamento o con cinta de pegar.

Y por último, pero no por ello lo menos importante, dio la vuelta a la página y pegó uno de los sobres de azúcar con frases de Benjamín Franklin. E inventó una nueva:

Si tu hermano en el autobús se duerme, haz como Sybil, persíguelo pedaleando firme.

❧　　❧　　❧

Al día siguiente, la aventura de la "pedaleada heroica" (aunque no de medianoche) de Judy Moody, se comentaba por toda la escuela.

"Escuchen, niños, y oirán la historia de cómo Judy Moody se portó como Sybil y Paul Revere."

Casa de Sybil Ludington

J.M.

TÉ

BOSTON

Amelia Bloomer estuvo aquí.

by J.M.

BOSTON

Un pájaro se hizo popó sobre Stink aquí.

MUSEO
INFANTIL DE BOSTON
ENTRADA
BEN FRANKLIN
J.M.
Stink hizo bobadas aquí.
LA CASA DE PAUL REVERE
BOSTON, MASSACHUSETTS
BEAN TOWN
Paul Revere hizo dentaduras postizas y tocó campanas aquí. (¡DE VERDAD!)

Cada vez que Stink contaba la historia, la mejoraba. Algunos oyeron que a su hermana la habían perseguido lobos salvajes. A otros les contó que la había secuestrado un camión de la basura. Otros escucharon que se había caído y se había roto una pierna, pero que había seguido pedaleando.

Stink le hizo a Judy una medalla dorada con una cinta azul.

🌀　　🌀　　🌀

Por la tarde, Judy se subió a la litera para pegar en su cuaderno la cinta azul.

¡El cuaderno no estaba allí, donde ella lo había dejado! ¡No estaba allí!

Judy buscó debajo de la almohada. Debajo de la colcha y del montón de peluches. Hasta debajo de Mouse, la gata.

Rebuscó por toda la habitación. El cuaderno de los recuerdos había desaparecido. ¡Lo habían robado! Seguro que había sido El Superladrón de Cuadernos de Recuerdos, que vivía ahí mismo en la casa de Judy Moody.

—¡Stink! —Judy entró en su habitación—. ¡No te di permiso de tocar mi cuaderno! ¡Dámelo ahora mismo!

—Yo no lo toqué —dijo Stink.

—¡Encima de que te salvé la vida y todo eso! —exclamó Judy— ¡Ladrón, bandido, secuestrador de cuadernos!

—¡No! ¡Ya te dije que yo no lo toqué.

—Si tú no lo tienes y yo no lo perdí, sólo queda Mouse, ¡y Mouse no sabe leer!

—A lo mejor lo tomó papá o mamá —sugirió Stink—. Vamos a preguntarles.

—Vamos a espiarlos —propuso Judy.

Judy y Stink bajaron la escalera de puntitas y casi sin hacer ruido. Cruzaron el zaguán sin demasiados crujidos. Pasaron por el cuarto de estar sin tropezar con casi nada, atravesaron la cocina y entraron en la oficina de mamá.

—Stink, tú sostén la linterna y yo busco.

Miró por entre montones de papeles. Miró encima del archivador y en las estanterías.

—¡Mira, Stink! —un mensaje relucía en la pantalla de la computadora. Decía:

Judy y Stink:

Si están leyendo esto

(y sé que lo están haciendo

porque están aquí),

lean esta nota y lo encontrarán:

"Los pies fríos son desagradables".

—¡Qué tontería! ¡Esto no tiene sentido! Mamá se está burlando de nosotros. ¿Qué quiere decir eso? —preguntó Stink.

—Déjame pensar. Puede ser una pista.

—¿Una pista? ¿Pies? ¿Tenemos que ir con los pies fríos a buscar el cuaderno en algún sitio?

—No, porque dice que eso es desagradable.

—¿Y, entonces, qué?

—¿Qué es lo contrario de desagradable?

—¡Agradable!

—¿Y es agradable tener los pies calientes?

—En invierno, sí.

—Y ¿qué usas para calentarte los pies?

—¡Calcetines!

—¡Eso, calcetines!

Judy y Stink corrieron escaleras arriba
y rebuscaron en el cajón donde se guar-
daban los calcetines. Encontraron un pa-
pelito dentro de uno de ellos que decía:
"Dos veces Judy y la misma Judy".

—¡Esto sí que es difícil! —se quejó Stink.

Los dos pensaron durante un largo rato. Estaban completamente desconcertados. Judy murmuró entre dientes.

—Yo soy solo una... —y, de repente, tuvo una idea— ...a menos que ¡me esté mirando en un espejo!

—¡Claro, qué lista eres! —dijo Stink.

Los dos corrieron al cuarto de baño. Algo estaba escrito en el espejo con jabón; no se leía muy bien:

"Una casa para la gata."

—Esto sí que no tiene sentido. ¿Una casa para la gata?

—Espera, pensemos. ¿Qué puede ser "una casa para la gata"?

—¿Debajo de tu cama? ¿Encima de tu litera?

—Ya busqué allí y no encontré nada. ¿En qué otros sitios se suele esconder Mouse?

—¡Encima de la lavadora, entre la ropa sucia! —dijo Stink.

Ambos bajaron las escaleras corriendo. Judy hurgó entre la ropa sucia amontonada encima de la lavadora y, por fin, lo encontró. Allí estaba su cuaderno.

Pasaron página tras página, las fotos, las hojas prensadas, los calcos hechos con lápiz, los sobres de té y de azúcar, su Declaración de Independencia y la postal de Toria.

Judy llegó a la última página, ¡y se quedó estupefacta! Pegado a la última página vio un documento en un papel que imitaba un antiguo pergamino.

¡Atención! ¡Atención! ¡Atención! Se declara, por el presente documento, que Judy Moody...

- Hace su cama todos los días
- Se peina (casi) todos los días
- Hace sus tareas sin que se lo recuerden
- Es amable con Stink
- Es un buen ejemplo para otros y
- Demostró valentía en su famosa pedaleada

Todo esto demuestra que es una persona de buen sentido y pensamiento independiente.

Por lo cual, nosotros, papá y mamá, le asignamos a Judy un aumento de 25 centavos en su mensualidad, efectivo desde ahora mismo.

Firmado:
Kate Betsy-Ross Moody (alias "mamá")
Richard John-Hancock Moody (alias "papá")

Había una brillante moneda de 25 centavos pegada con cinta adhesiva.

—¡Caramba carambola! —exclamó Judy—. ¡Mira! ¡Una moneda del Estado de Maine con el famoso faro! Ahora tengo libertad y más mensualidad.

—Y ahora que vas a tener más mensualidad podrás devolverme más pronto lo que me debes —dijo Stink.

—¡Voy a escribirle a Toria y a contarle que mi Declaración de Independencia funcionó!

—No conseguiste un cuarto de baño para ti sola —le recordó Stink.

Judy abrazó su cuaderno y luego, abrazó a Stink. Buscó a papá y mamá y también los abrazó a ellos. Hasta besó a Mouse en su húmeda naricita rosa.

—La independencia no termina aquí —dijo mamá—. Esperamos de ti que sigas siendo responsable.

—Y, por supuesto, tendrás que seguir haciendo siempre las tareas —dijo papá.

—¡Y seguir siendo amable conmigo! —dijo Stink.

—¿Y podré quedarme un poquito de tiempo más levantada? ¿Sólo por esta noche? —pidió Judy—. A cuenta de lo independiente que soy ahora y porque ya no voy a ser tratada nunca más como si fuera una niña pequeñita y todo eso...

—Quince minutos —concedió papá.

—Y sólo por esta noche —añadió mamá. ¡Quince minutos, un gran cuarto de hora!

—¡No es justo! —protestó Stink—. ¡Yo me declaro independiente de cepillarme los dientes! ¡Denme libertad o denme mal aliento!

—De momento, con una hija independiente tenemos bastante —dijeron papá y mamá riéndose.

❧    ❧    ❧

Aquella noche, en su cuarto de hora extra, Judy se comió un racimo de uvas y unas galletas. Se cepilló los dientes con una pasta a rayas rojas, blancas y azules, y se lavó la cara con la toallita de Bonjour Bunny que le regaló Toria. Leyó un capítulo entero de un libro de su colección *La valiente Ramona*. Y al cabo de doce minutos y medio ya no pudo mantenerse despierta por más tiempo. Se subió a la litera.

—¡Fuera luces! —cantó mamá desde abajo—. ¡Buenas noches, cariño!

Judy estuvo un ratito tumbada en la litera de arriba mirando por la ventana el cielo, lleno de estrellas que guiñaban sus luces en la oscuridad.

¡Caramba! Ella, la mismísima Judy Moody, era Independiente con I mayúscula. Como Benjamín Franklin, John Hancock y Paul Revere. Tan independiente como Sybil Ludington en su cabalgata nocturna.

¡Ser independiente era formidable! ¡Era divertido! ¡Poder acostarse tarde era lo mejor de lo mejor!

Judy se estaba quedando dormida. Dormida de verdad. Pero antes de quedarse dormida del todo, agarró su lápiz luminoso y escribió en la pared junto a su almohada:

JUDY MOODY DURMIÓ AQUÍ.

JUDY MOODY
DURMIÓ AQUÍ

## LA AUTORA

**Megan McDonald** nació en Pensilvania, EE. UU., y fue la menor de cinco hermanas en el seno de una familia de infatigables contadores de historias. Como a ella no la dejaban contarlas, comenzó a escribirlas. Se graduó en Literatura Infantil y trabajó en librerías, bibliotecas y escuelas antes de dedicarse por completo a escribir. Vive en California con su marido, Richard.

# EL ILUSTRADOR

**Peter H. Reynolds** creó y "publicó" desde los siete años sus propios periódicos, libros y revistas con la colaboración de su hermano. Estudió Arte en el Massachusetts College of Art y después fundó una próspera empresa de producciones propias. Siempre se propone "contar historias que digan algo" a través de sus dibujos. Vive en Massachusetts, EE.UU.

# ¿Ya leíste los otro

# ibros de Judy Moody?

¡Judy Moody y sus
aventuras te van a poner
de muy buen H-U-M-O-R!